AF357375

COLLECTION

D'AFFICHES

DE J. CHÉRET. — GRASSET. — H. DE TOULOUSE-LAUTREC.

ESTAMPES MODERNES

Dessins, Aquarelles, Pastels

PAR

FORAIN. — HEIDBRINCK. — LOUIS MORIN.

RŒDEL. — ROBIDA. — RAFFAELLI. — ODILON REDON, etc.

et notamment par

F. ROPS

VENTE

HÔTEL DROUOT — SALLE 9

Le Mardi 25 Janvier 1898

A 2 HEURES PRÉCISES

Mᵉ BOUDIN	M. MOLINE
COMMISSAIRE-PRISEUR	EXPERT
102, rue Richelieu	20, rue Laffitte

EXPOSITION POUR MM. LES AMATEURS

GALERIE LAFFITTE, 20, rue Laffitte

Les Vendredi 21, Samedi 22 et Lundi 24 Janvier 1898

DE 10 HEURES A MIDI ET DE 2 HEURES A 6 HEURES

CONDITIONS DE LA VENTE

Elle sera faite au comptant.

Les acquéreurs paieront cinq pour cent en sus des adjudications.

L'Exposition mettant à même les acquéreurs de se rendre compte des objets mis en vente, il ne sera admis aucune réclamation une fois l'adjudication prononcée.

L'ordre du catalogue sera suivi pour les affiches et les estampes.

L'expert se réserve la faculté de diviser les lots. Il remplira les commissions que voudront bien lui confier les personnes ne pouvant assister à la vente.

AFFICHES

JULES CHÉRET

1er Lot. — Saxoléine. — Cosmydor Savon. — Bal du Moulin-Rouge. — La Danseuse de corde. — Quinquina Dubonnet. Format double colombier.

2e Lot. — Saxoléine. — Yvette Guilbert, Concert Parisien. — La Diaphane. — Kanjarowa, Alcazar d'Eté. — L'Etendard français. Format double colombier.

3e Lot. — Palais des Enfants, Grand-Théâtre de l'Exposition ; quadruple colombier. — Purgatif Géraudel. — Grands Magasins du Louvre. — Gil-Blas, l'Argent ; quadruple colombier.

4e Lot. — La Gomme ; double colombier. — Alcazar d'Eté : Revue fin de siècle ; double colombier. — Le Pays des Fées : Jardin enchanté ; colombier. — Saxoléine ; colombier.

5e Lot. — Moulin-Rouge, Paris Cancan (2 exempl.). — Olympia : Inauguration (2 exempl.). — Deuxième exposition du Courrier Français à l'Exposition. — Quatrième exposition : Blanc et Noir. Format demi-colombier.

6e Lot. — Palais des Enfants, Grand-Théâtre de l'Exposition. — Musée Grévin. Souvenir de l'Exposition : les Javanaises. — Pastilles Géraudel. — Purgatif Géraudel. Format quadruple colombier.

7e Lot. — Saxoléine. — Quatrième exposition : Blanc et Noir. — Bullier. — Jardin de Paris. — Le Miroir. Format double colombier.

GRASSET, CHOUBRAC, SINET

8e Lot. — Chocolat Mexicain. — Place Clichy ; double colombier. — Fin de Siècle (Choubrac) ; double colombier. — Yvette Guilbert (Sinet) ; quadruple colombier. — Amaranthe Bitter.

ATELIERS CHÉRET ET CHAIX

Magasins des Buttes-Chaumont ; quadruple colombier. — Magasins des Buttes-Chaumont ; double colombier. — Quatre Sœurs Martens ; double colombier. — Brillant Bühler ; double colombier.

9e Lot. — **TOULOUSE-LAUTREC** : Michaël, Divan Japonais. — **MAUFRA** : Exposition Dezaunay. — **CHÉRET** : Guide Conti. — **JOSSOT** : La Critique.

ESTAMPES

ANQUETIN

10 — Don Quichotte. Litho coloriée par l'auteur.

PAUL AVRIL

11. — Suite complète d'Eaux-fortes, dont un portrait de Flaubert pour Salammbô. Tirage avant la lettre sur Japon.

ÉMILE BERCHMANS

12 — Renouveau. Litho en couleurs sur Japon.

JACQUES BLANCHE

13 — 2 lithographies.

JOHN-LEWIS BROWN

14 — Cavalier. Eau-forte.

15 — Cavalier. Eau-forte.

16 — Cavalier et fantassin. Eau-forte.

17 — Reconnaissance militaire. Avant lettre.

18 — Reconnaissance. Avant lettre, état différent.

19 — Reconnaissance avec lettres.

20 — Reconnaissance. Petite eau-forte.

21 — Amazone. Épreuve signée.

22 — The Squires Daughter. Épreuve signée.

23 — Cheval rétif.

FÉLIX BUHOT

24 — Hollande. Bergerie.

25 — Ex-libris pour l'Ensorcelée, 2ᵉ état. Epreuve signée 23 février 1888.

26 — Zig-zag d'un curieux. Cette épreuve porte au bas cette inscription au crayon : à Mʳ F. N., hommage de cette épreuve unique, et signature.

27 — Souvenir de Borham-Court-Kent.

27 *bis* — Japonisme 10 eaux-fortes.

28 — La Maison d'Orléans à Valognes. Eau-forte sur Hollande. Epreuve signée.

29 — Le bruit de deux sabots traînant.... .. Composition
pour le Chevalier des Touches, de Barbey d'Aurevilly.
Eau-forte avec marge symphonique, sur Hollande.
Épreuve signée.

30 — La place Bréda. Eau-forte avec mi-encadrements,
comprenant 3 sujets à l'eau-forte. Épreuve signée.

31 — La Grande-Chaumière. 3e état. Épreuve signée.

32 — Le Hibou. Épreuve sur papier teinté.

33 — Les Fiacres. Planche d'essai.

34 — Planche d'étude biffée.

35 — Planche d'étude.

36 — L'Enfant.

CARRIÈRE

37 — Tête de femme. Lithographie.

ALEXANDRE-MARIE CHARPENTIER

38 — La Fille au violon. Gaufrage.

39 — Programme pour le Théâtre Libre. Gaufrage et étain
(deux pièces encadrées).

MARCELIN DESBOUTINS

40 — Puvis de Chavannes. Épreuve en sanguine, sur papier
Wathmann, signée.

DAUBIGNY

41 — Le Gué. Eau-forte avec lettres.

EUG. DELATRE

42 — 9 gravures en couleurs.

MAURICE DENIS

43 — Les Pèlerins d'Emmaüs. Litho en couleurs tirée à
100 épreuves (n° 10). Épreuve signée.

44 — Apparition. Épreuve sur Hollande.

DE FEURE

45 — La princesse Maleine, scène des trois mendiants.
Litho en couleurs signée.

46 — Femme tenant une fleur. Lithographie en couleurs
signée.

47 — Retour. Lithographie sur Chine collé.

48 — ESTAMPES NON CATALOGUÉES.

DE GROUX

49 — Le Chambardement. 2⁰ état. Lithographie signée.

DAUMIER

50 — Cortège du commandant général des apothicaires. Le prince Lancelot de Fricanule à son entrée dans la Chambre des Pairs. Litho en couleurs.

L'ESTAMPE ORIGINALE

51 — Les trois années complètes; 94 estampes par :

1ʳᵉ livraison : Anquetin, Bonnard, Maurice Denis, Ibels, Maurin, Ranson, Roussel, De Toulouse-Lautrec, Valloton, Vuillard. — 2⁰ livraison : Auriol, Henri Boutet, Dulac, Henri Guérard, Guilloux, Rachou, Raffaëlli, Odilon Redon, Rodin, Serusier. — 3⁰ livraison : Besnard, H.-P. Dillon, Fantin-Latour, Lepère, Lunois, Maufra, V. Prouvé, Carloz Schwabe, Victor Vignon, Willette. — 4⁰ livraison : Bracquemond, Carrière, Chéret, De Groux, Pierre Roche, Puvis de Chavannes, Renoir, Henri Rivière, F. Rops, Whistler. — 5⁰ livraison : Bernard, Duez, Gandara, Goeneutte, Helleu, Camille Martin, Camille Pissaro. Lucien Pissaro, Henry Somm, T.-P. Wagner. — 6⁰ livraison : Eugène Delâtre, De Feure, Gauguin, Grasset, Guérard, Hermann Paul, Jossot, Luce, De Toulouse-Lautrec, Willette. — 7⁰ livraison : P.-C. Blache, Alexandre Charpentier, Lacoste, Georges Pissaro, Prouvé, Ricketts, Séguin, Shannon, Signac, Van Risselberghe. — 8ᵉ livraison : Besnard, Dulac, Houdard, H.-G. Ibels, Nicholson, J. Pennell, Paul Renouard, Richard Ranft, Will Rothenstein, Valloton. — Album de clôture : Albert Besnard, Eugène Carrière, Alexandre Charpentier, Walter Crane, Gandara, Constantin Meunier, Camille Pissaro, Puvis de Chavannes, H. de Toulouse-Lautrec, Odilon Redon, Renoir, Pierre Roche, Félicien Rops, Willette.

52 — 43 estampes provenant de cette collection.

L'ÉPREUVE

53 — 255 estampes provenant de l'Épreuve, par Buhot, Goeneutte, Guérard, Fantin-Latour, Janniot, Helleu, Lunois, Puvis de Chavannes, Rochegrosse, Rops, etc.

54 — 2 LOTS D'ESTAMPES JAPONAISES.

FANTIN-LATOUR

55 — Hommage à Delacroix. Litho épreuve signée.

56 — Hélène. Litho grand format signée.

57 — Vase de fleurs, Roses. Lithographie tirée à 50 épreuves.

58 — Apothéose de Victor Hugo. Lithographie sur Japon signée, tirée à 25 exemplaires.

GAUSSON

59 — Paysage. Lithographie en couleurs.

FLAMENG

60 — Sauvée. Eau-forte originale encadrée.

61 — Portrait de Rembrandt vieux d'après Rembrandt. Eau-forte encadrée.

NORBERT GŒNEUTTE

62 — Rotterdam, moulins.

63 — Moulin à Saint-Jacut-en-Mer.

64 — La Berceuse. Pointe sèche. 1er état. 4 épreuves. N° 1.

65 — Panorama de Quillebœuf.

66 — Le Pont-Neuf.

67 — Rotterdam.

68 — Somnolence.

69 — Pêcheuse (Boulogne).

70 — La Femme à la lanterne. Épreuve sur papier ancien.

71 — La Réparation de la barque. 2e état. 5 épreuves. N° 3.

72 — Étude de Nu.

73 — Femme. Planche rayée, tirée à 10 épreuves.

74 — Maud. Pointe sèche.

75 — La Cigale. Pointe sèche.

76 — La Bergerie. Épreuve avec remarque.

77 — Femme sur le ponton. Eau-forte signée.

78 — Femme relevant sa jupe. Épreuve signée.

79 — Femme regardant l'horizon. Épreuve signée, tirée à 10 exemplaires.

80 — La Petite voiture de fleurs. 1er état. Avec croquis à l'eau-forte en marge.

81 — Vue de Venise.

82 — Vue de Venise. Épreuve signée. 1ᵉʳ état. 8 épreuves.
N° 8.

83 — Vue de Venise. 1ᵉʳ état. 8 épreuves. N° 4.

GOYA

84 — Unos à Otros. Épreuve ancienne des Caprices.

H. GUÉRARD

85 — Azor. Eau-forte en couleurs signée.

86 — Portrait de Édouard Manet.

87 — H. Guérard, boulevard de Clichy, n° 1. 10 cartes de
visite sur la même planche, sujets japonais.

PAUL GAUGUIN

88 — Joies de Bretagne. Lithographie coloriée.

HERVIER

89 — 6 eaux-fortes, par Hervier. Imp. Charles Delâtre,
303, rue Saint-Jacques, Paris. 1875.

HERMANN PAUL

90 — Trottins. Lithographie en couleurs.

H.-G. IBELS ET H. DE TOULOUSE-LAUTREC

91 — 60 lithographies provenant du « Café-Concert » et
2 sur Japon.

CHARLES JACQUE

92 — Les Chanteurs. Eau-forte.

93 — 2 eaux-fortes.

LUNOIS

94 — Lithographie sanguine.

LANÇON

95 — Guenon et son petit. Eau-forte.

LEPÈRE

96 — Sous la lampe. Lithographie signée. Tirage à 12
épreuves, N° 2.

97 — Sur le bateau. Eau-forte signée.

98 — Pêcheurs fuyant l'orage. Eau-forte signée. Tirage à 30 épreuves, N° 10.

99 — Coin du Petit-Pont. Eau-forte signée. Tirage à 30, N° 24.

100 — Le Ponton. Eau-forte signée. N° 3, 1er état. Tirage à 5 épreuves.

LUCE

101 — 4 lithographies.

LOUIS LEGRAND

102 — La Môme Terpsichore. Eau-forte.

103 — On se tourne. Eau-forte.

104 — Le Déshabillage. Eau-forte.

105 — Je la barre. Eau-forte.

106 — On se retourne. Eau-forte.

ÉDOUARD MANET

107 — Guerre civile 1871. Lithographie sur Chine collé, tirée à 100 exemplaires.

108 — Les Courses. Lithographie sur Chine collé, avant la lettre.

MAURIN

109 — 11 gravures en noir et en couleur.

J.-F. MILLET

110 — La Bouillie. Eau-forte.

MAUFRA

111 — En Bretagne. 1 lithographie et 1 eau-forte. Couverture d'Eugène Delâtre.

112 — Eau-forte signée.

MUCHA

113 — Les Carillons de Pâques réveillant la Nature. Litho en couleurs, tirée à 36 épreuves, N° 2. Epreuve signée.

LE MUSÉE POUR RIRE

114 — Dessins par tous les caricaturistes de Paris. — Texte par MM. Alhori, Louis Huart et Ch. Philippon. — Tome Ier : Paris. Chez Aubert, éditeur des Cent et Un Robert-Macaire. — Galerie Véro-Dodat (1840).

RAFFAELLI

115 — Le Chiffonnier éreinté. Eau-forte tirée à 50 épreuves sur Japon.

RASSENFOSSE

116 — La belle Hollandaise. Vernis mou.

117 — Sortie de bal. Essai de gravure en couleurs.

118 — L'Éloge de la Folie par Érasme. Frontispice. 1er état.

119 — Tentation. Eau-forte, en marge un croquis rehaussé représentant une femme assise mi-nue et coiffée d'un chapeau.

ODILON REDON

120 — Pégase. Petite litho sur Chine collé, signée.

121 — Des Esseintes. Litho tirée à 100 exemplaires.

122 — Jeune fille. Litho sur Chine collé, tirée à 25 exemplaires.

123 — Chauves-souris. Lithographie sur Chine collé, épreuve signée.

124 — Perversité. Eau-forte, épreuve signée.

125 — Lithographie sur Chine appliqué, épreuve signée.

RENOUARD

126 — Danseuse au piano. Épreuve sur Japon.

RŒDEL

127 — Les bons souhaits de Rœdel. Litho.

128 — Quittance de loyer. Lithographie en couleurs.

129 — Les programmes de l'Exposition du Centenaire de la Lithographie.

FÉLICIEN ROPS

130 — La Muse en crinoline. L'amour orchestre. L'amour artiste.

131 — Tête de femme au chapeau. Vernis mou.

132 — Dindon rôti. Menu.

133 — La Bûcheronne.

134 — Les Violettes de Jeanne. Lettrine. 1er état.

135 — Le Jockey triomphateur. Menu.

136 — Cythère Parisienne. Blanchisseuses.

137 — Le grand et le petit Trottin. Frontispice.

138 — Jean Brouette. 6e état.

139 — Cabinet satirique du xvie siècle. 1er état.

140 — Le Modèle. Pointe sèche. 3e état.

141 — Les Epaves. Frontispice. 7e état.

142 — La Dalécarlienne.

143 — L'Ermitage, Cythères. Essai grande marge.

144 — La Barque. 2e état.
   La Barque. 5e état avec la lettre.

145 — Décembre. Eau-forte grande marge.

146 — Le Démon de la coquetterie. 1er état. Vernis mou.

LES DIABOLIQUES :

147 — Le Sphinx.

148 — Le Bonheur dans le crime.

149 — Le dessous d'une partie de whist.

150 — Le plus bel amour de don Juan.

151 — Le Vol et la prostitution dominant le monde.

152 — Le Vol et la folie dominant le monde.

153 — Médaille de Waterloo. Litho.

154 — La Bûcheronne. Épreuve avec remarque signée.

155 — La Femme au trapèze, Ramiro, p. 34. Eau-forte. Epreuve au 6e état.

156 — La Norwégienne. Pointe sèche.

157 — Dessins par Dillens, Ed. Deschampheleer, Ch. de Groux, Von Thoren, Roffiaen, Félicien Rops.

158 — Les Cythères parisiennes. Frontispice.

159 — La Défense du budget. Menu 2e état.

160 — Menu pour Neyt.

161 — Octave Uzanne vous prie d'agréer ses meilleurs compliments de saison, 1er janvier 1892. — 17, quai Voltaire.

162 — Économie de l'écurie, la toilette. Lithographie.

163 — Économie de l'écurie, Cheval malade en box. Lithographie.

164 — La Vieille aux fleurs de lys Vernis mou.

165 — Petite Sorcière. Vernis mou.

166 — Femme couchée.

167 —· Vieille histoire. Vernis mou.

168 — 2 planches d'étude.

169 — 2 planches d'étude.

170 — La Vieille au parapluie.

SYLVESTRE

171 — 2 eaux-fortes.

SEYMOUR HADEN

172 — Eau-forte.

STEINLEN

173 — 18 lithographies en noir et une en couleur.

174 — 2 lithographies tirées à 21 et 24 épreuves nᵒˢ 2 et 3. épreuves signées.

H. DE TOULOUSE-LAUTREC

175 — Paula Brébion. Lithographie sur Japon. .
Programme pour « l'Argent ».
Numéro du journal « Nib », contenant 3 lithographies.
Le Plaisir à Paris. « Figaro-Illustré », 7 illustrations en couleur.

176 — Le petit Trottin. Lithographie avec lettres, signée.

177 — Sagesse. Lithographie en couleurs, signée.

178 — 6 lithographies en couleurs, signées.

FÉLIX VALLOTON

179 — Cœsar, Jésus, Socrate, Néron (Bois). Ex-libris Joly.

180 — Les Nécrophores. Épreuves signées.

ANTONIN VANTEYNE

181 — La Seine à Paris. Six eaux-fortes.

WILLETTE

182 — Collection du journal « Le Pierrot ».

183 — La Vache enragée. Lithographie sur Chine collé, avec remarque sur la marge. Epreuve signée.

T.-P. WAGNER

184 — J'ai entendu toutes choses du ciel et de la terre. J'ai entendu bien des choses de l'enfer. Lithographie, 71 sur 72.

185 — La Loge des clowns. Intimité. Litho sur Japon.

186 — L'homme des foules. Edgard Poë. Litho signée.

DESSINS, AQUARELLES, PASTELS, etc.

EUG. DELATRE

187 — 19 dessins et aquarelles.

MAURICE DUMONT

188 — 7 dessins et aquarelles.

FAUCHÉ

189 — 7 pastels et sanguines.

FORAIN

190 — 2 croquis à l'aquarelle, recto et verso de la même feuille.

HEIDBRINCK

191 — Scène de ménage. Crayon et pastel. Encadré.

192 — **1 LOT DE DESSINS ET AQUARELLES JAPONAIS.**

MAURIN

193 — Étude de femme. Dessin au crayon encadré.

LOUIS MORIN

194 — Mascarade. Dessin aquarellé encadré.

195 — Le Marché. Dessin rehaussé encadré.

196 — Almanach pour 1891. Dessin au crayon rehaussé encadré.

197 — Repas de chasse. Aquarelle encadrée.

198 — La Surprise. Aquarelle encadrée.

199 — Rêverie. Aquarelle encadrée.

200 — 3 dessins à la plume. Encadrés.

HENRI PILLE

201 — La Conversation. Dessin à la plume.

202 — Le Montreur d'ours. Dessin à la plume.

203 — Don Quichotte. Dessin à la plume.

RŒDEL

204 — Le Modèle qui n'est pas payé régulièrement.

205 — Monsieur le Procureur, j'ai l'honneur de vous dénoncer que tous les jours, au Louvre, des créatures peu vêtues, etc. ... Signé : Bérenger.

206 — Femme ôtant son corsage.

207 — Menu.

208 — Menu dédié à l'ami P. P., dit Cœur-d'Or.

209 — Histoire anglaise.

210 — Pour peindre en pleine pâte, ayez du biceps.

211 — Jappe au nez, Japonaise. 2 aquarelles signées, dans le même cadre.

212 — Femme couchée. Aquarelle signée encadrée.

ROBIDA

213 — Scène moyennageuse.

ROPS

214 — Tête de paysanne française. Croquis à la plume.

215 — Le Concierge de Rops. Dessin à la mine de plomb, signé F. R.

216 — Croquis mine de plomb : projet pour les masques.

217 — Figures décoratives dessin à la plume.

218 — Projets pour le frontispice : Les Jeunes France. 2 croquis à la plume et à la mine de plomb.

219 — Femme allaitant son enfant. Croquis au crayon
gras.

220 — Tête d'homme coiffé. Dessin au crayon, signé F. R.

221 — La Peine de mort. Premier croquis, signé F. R.

222 — Un homme assis. Dessin à la plume teinté,
signé F. R.

223 — Vieille Flamande. Dessin au crayon signé F. R.

224 — Mon Professeur. Dessin à la mine de plomb.

225 — La Folie. Croquis au crayon signé F. R. encadré.

226 — La Lettrine aux pensées. Dessin à la plume encadré.

227 — Bûcheron et bûcheronne. Dessin au crayon Conté
signé F. R. encadré.

228 — La Raison venant au secours de l'Humanité éclairée
par la Science. Croquis au crayon gras encadré.

229 — Étude pour Adèle Dullé. Dessin au crayon Conté
signé F. R. encadré.

230 — Étude pour l'album du « Gaulois ». Dessin au crayon
et à la plume encadré, signé F. R.

231 — La Dame aux pantins. Photographie encadrée.

232 — Le Chemineau. Dessin au crayon Conté signé F. R.
encadré.

233 — La Femme au trapèze. Aquarelle encadrée.

234 — Paysanne assise. Dessin à la mine de plomb encadré, signé F. R.

235 — L'homme à la pelle. Croquis au crayon gras
encadré.

236 — Cadre comprenant :
1° Léda. Dessin rehaussé.
2° Épreuve de Amica Non Serva.
3° Un Autographe curieux de l'auteur.

RAFFAELLI

237 — En villégiature. Dessin signé.

ODILON REDON

238 — Composition pour la Tentation de Saint-Antoine.
Dessin au fusain signé.

239 — Objets omis.

M. MOLINE

20, Rue Laffitte, à Paris

Se charge

DE

VENTES PUBLIQUES

d'Affiches, Estampes, Dessins

PASTELS ET TABLEAUX

—

Il se charge également

d'envoyer sur demande les Catalogues des Ventes

qui pourraient intéresser MM. les Amateurs

et de les représenter à ces Ventes.

33. — PARIS. — IMP. P. DUBREUIL, 18. RUE CLAUZEL.